诗歌名家星座

忽冷忽热

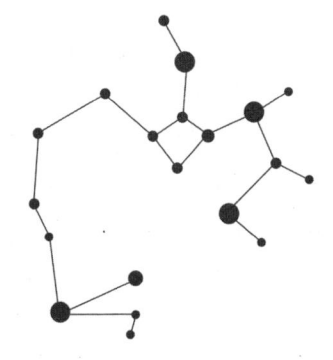

梁平 著

陕西新华出版
太白文艺出版社·西安

图书在版编目（CIP）数据

忽冷忽热 / 梁平著. -- 西安：太白文艺出版社，2021.8（2023.6重印）

（当代诗歌名家星座 / 李少君主编）

ISBN 978-7-5513-1975-1

Ⅰ.①忽… Ⅱ.①梁… Ⅲ.①诗集－中国－当代 Ⅳ.①I227

中国版本图书馆CIP数据核字(2021)第144861号

忽冷忽热
HU LENG HU RE

作　　者	梁　平
责任编辑	姚亚丽
封面设计	郑江迪
版式设计	新纪元文化传播
出版发行	太白文艺出版社
经　　销	新华书店
印　　刷	三河市同力彩印有限公司
开　　本	889mm×1194mm　1/32
字　　数	92千字
印　　张	5.75
版　　次	2021年8月第1版
印　　次	2023年6月第2次印刷
书　　号	ISBN 978-7-5513-1975-1
定　　价	45.00元

版权所有　翻印必究

如有印装质量问题，可寄出版社印制部调换

联系电话：029-81206800

出版社地址：西安市曲江新区登高路1388号（邮编：710061）

营销中心电话：029-87277748　029-87217872

《当代诗歌名家星座》 序 言

冯友兰先生在《国立西南联合大学纪念碑碑文》中说："我国家以世界之古国，居东亚之天府，本应绍汉唐之遗烈，作并世之先进，将来建国完成，必于世界历史居独特之地位。盖并世列强，虽新而不古；希腊罗马，有古而无今。惟我国家，亘古亘今，亦新亦旧，斯所谓'周虽旧邦，其命维新'者也！"

创新，一直是中国文化的使命。创新，也是中国文化的天命。中国自古以来是"诗国"，汉赋唐诗宋词元曲，艺术的创新总是与时俱进的。百年新诗，就是创新的成果。没有创新，就没有新诗。

"创造性转化，创新性发展"，我的理解就是创新与建构是相辅相成的。创新和建构并不矛盾，创新要转化为建设性力量，并保持可持续性，就需要建构。建构，包含着对传统的尊重和吸收，而不是彻底否定和破坏颠覆。创新，有助于建构，使之具有稳定性。而只有以建构为目的的创新，才不是破坏性的，才是真正具有积极力量的，可以转化为新的时代的能量和动力。

众所周知,诗歌总是从个体出发的,但个体最终要与群体共振,才能被群体感知。诗歌是时代精神的象征,真正投身于时代的诗人,其个体的主体性和民族国家的主体性、人类理想和精神的主体性,就会合而为一,就会成为时代精神的代言人。伟大的诗歌,一定是古今融合、新旧融合、中西融合的集合体。杜甫就曾创造了这样的典范。

杜甫是一个有天地境界的人。在个人陷于困境时,在逃难流亡时,杜甫总能推己及人,联想到普天之下那些比自己更加困苦的人们。在杜甫著名的一首诗《茅屋为秋风所破歌》里,杜甫写到自己陋室的茅草被秋风吹走,又逢风云变化,大雨淋漓,床头屋漏,长夜沾湿,一夜凄风苦雨无法入眠。但诗人没有自怨自艾,而是由自己的境遇,联想到天下千千万万的百姓也处于流离失所的境地。诗人抱着牺牲自我成全天下人的理想呼唤"安得广厦千万间,大庇天下寒士俱欢颜,风雨不动安如山","何时眼前突兀见此屋,吾庐独破受冻死亦足!"。这是何等伟大的胸襟!何等伟大的情怀!杜甫也因此被誉为"诗圣"。

"文章合为时而著,歌诗合为事而作。"杜甫无疑是中国诗歌历史的高峰。每一代诗歌有每一代诗歌之风格,每一代诗人有每一代诗人之使命，如何在诗歌史上添砖加瓦、锦上添花，创造新的美学意义和典范，是百年新诗的责任，也是我们当代诗人义不容辞的责任。

由太白文艺出版社策划、出版的这套《当代诗歌名家星座》，注重所收录诗人的文本质量和影响力，着力打造引领当代诗歌潮流的风向标。这套丛书收入了汤养宗、梁平、陈先发、阎安、谢克强、苏历铭、李云等人的作品，他们早已是当代诗坛耳熟能详的诗歌名家，堪称当代诗坛的中坚力量。他们或已形成成熟的个人诗歌风格，或正处于个人创作的巅峰期，他们身上所展现出来的创作活力，正是当代诗歌的活力。相信这套丛书能够帮助广大读者多角度、多层次地深入当代诗歌创作一线，领略瑰丽多姿的诗歌美学。

新的时代，诗歌这一古老而又瑰丽多姿的艺术门类，需要紧扣时代发展的脉搏，深入生活扎根人民，不断挖掘时代发展浪潮中的闪光点，为广大人民群众提供更加丰饶的精神食粮，推动实现从"高原"到"高峰"的突破，书写中华民族波澜壮阔的全新史诗。这套丛书收录的八位诗人，无论是他们的创新能力，还是创造能力，都已在长期的写作过程中得到证明。他们心怀悲悯，以艺术家独有的观察力、整合力，萃取日常生活中富有诗意的一面，呈现出气象万千的时代特征。

　　风云变幻，大潮涌起，正可乘风破浪。新的时代，中国正处于历史的上升期，这也将是文化和诗歌的上升期，让我们期待和向往，并为之努力，为之有所创造！

李少君

目 录

卷一 信手拈来

又见桃花 \003

花岛渡 \004

成都的雪 \005

重庆 \006

阳台上 \007

无比 \008

江山 \009

知水暖 \010

中秋节 \011

眼睛里的水 \012

坦然 \014

我不是一个随便的人 \015

神经疼 \016

风声紧 \017

经历过 \018

漂流瓶 \019

小倩 \020

夜半歌声 \021

星期八 \022

画像 \023

桌上江湖 \025

老兄弟 \027

说说死吧 \028

一个无法面对的日子 \030

隔海哭吴鸿 \032

梁祝 \034

读书梁 \036

被惦记 \038

麻将秘籍 \040

回家 \042

造的句 \044

已知 \046

不会用刀 \048

寂寞红颜 \049

非洲的猪生病了 \050

闻鸡起舞 \051

低处 \052

直面 \053

幸运 \054

大地上 \055

分歧 \056

信，以为真 \057

暴裂无声 \058

端午节的某个细节 \059

不煞风景 \060

比想象中倾斜了一点 \061

我拿一整条江的水敬你 \063

红星路上 \065

并非虚构 \066

三个邮戳 \068

普陀观音 \069

芳草湖 \070

似水 \071

空房子 \072

鱼刺 \073

人眼猫眼 \075

劫数 \076

在水之上 \078

那人 \079

杯水 \080

恍惚之中 \081

条件反射 \082

陌生 \083

说树 \084

卷二　白纸黑字

鱼的舞蹈 \089

所不能及 \091

庚子年正月初五，听风 \092

立春 \093

与万物和解 \094

这个春天为什么不可以写诗 \096

字斟句酌 \098

美学问题 \099

一则新闻 \100

十六岁之前我没有一张照片 \101

我的粽子，始终是一首诗 \103

与一匹蒙古马为伴 \105

在缙云山寻找一个词 \106

缙云山听雨 \108

沙溪辞 \109

石拱桥上二胡的插曲 \111

惠安女 \113

海的箴言 \115

洛阳桥 \116

说闽南话的白鹭 \118

孝感巷里的刺桐 \119

进入我身体的海南 \120

与杨莹信步玫瑰谷 \121

惠山泥人屋 \122

借一双眼睛给阿炳 \123

在武胜 \124

到武胜去吃英雄会 \125

二郎滩 \126

对酒当歌 \127

芙蓉洞 \129

双乳峰 \131

咸宁温泉 \132

丹江道茶 \133

文笔峰密码 \134

红白场 \136

蓥华山 \138

皮灯影戏 \140

万年台子 \142

资阳表情 \144

那枝小榄，那个小镇 \146

过年在佛山 \148

兰州 \149

在贝尔格莱德的痛 \150

有一种感觉留在大阪 \151

岛上情结 \152

铜雕以及千纸鹤 \153

与日本画家对话 \154

回想藤井屋 \155

蚂蚁的故事 \156

樵夫 \158

树的毁容事件 \160

那是皮鞋咬着木板的声音 \162

1998 年最后几天 \163

那件事情 \164

那鸟和我 \165

编后小记：每寸光阴都不能生还 \167

卷一

信手拈来

又见桃花

龙泉山第三十朵桃花,
揭秘她的三生三世。
那条久远的驿路踏响的马蹄,
把春天的桃红带走。
那些黑皮肤、白皮肤、棕色皮肤的脸上,
都有了一抹腮红。
我在树下等候那年的承诺,
等候了三十年,
从娉娉袅袅到风姿绰约,
只有一首诗的距离。
又见桃花,起句如文火,
煲连绵的春夏秋冬,
所有的季节都含了颗蜜桃,
花瓣雨纷纷扬扬,
我的爱,泛滥成海。

花岛渡

三岔湖上的花岛,
名气比其他岛大了许多。
岛上的花没有大牌,摩肩接踵,
与湖畔的农家院落沾亲带故。
花好不在名贵,在于赏花人心境,
油腻、烟熏以及拖泥带水的不配。
花瓣在水面行走二百米上岸,
再回到岛上,就有了东西南北的方言。
闻香识岛,岛上一次深睡眠,
醒来就是陶渊明。
没有桥的花岛花香摆渡,
水上浸润的来回,拈花或者惹草,
如若三生修来的福。
成都以东,城市之眼含情脉脉,
款款秋波八万里荡漾,
每一款验明正身,都是花岛渡。

成都的雪

比如鹅毛,成都不可能。
成都的雪,说小雪都有点害羞,
从天而降的星星点点,
没等落地就失踪了,满满的欢欣,
荡漾一座城。
奢侈更多时候不是过分享受,
而是求之不得,而得。
白茫茫北方堆积的雪人繁殖近亲,
太相像了。而成都的雪,
每一粒打在脸上都不能模仿,
千姿百态。所以心花也开了,
满城都是豪华的抒情。

重庆

重庆爬坡上坎不算误读,
或者最早的印象,五里店、红土地,
农田与荒野已经荡然无存,
城市庞然,郊外越来越没有轮廓。
而重庆的此起彼伏,根深蒂固。

面对任何一条路,只要心平气和,
都是坦途。重庆的坡坡坎坎,
保留经典的绝句。嘉陵江凌空的索道,
高楼大厦穿堂而过的轻轨,
不可思议之后,优雅平铺直叙。

重庆是一本大书,我写过 1300 行,
段落与章节清晰,散落街头的标点符号,
刻在脸上,青春不再痘还在。
其实我对重庆也陌生了,上清寺、
沧白路的光怪陆离,软埋了旧年时光。

阳台上

在阳台上,自己点支烟,
看俯卧的廊桥,对面笔挺的香格里拉。
时间是夜晚或者凌晨,霓虹的秘密,
流水的私奔,每处都有亮点。
我这样由来已久隐约有了等待,
与己无关,等梦里花开春暖。
天空的窗帘没有拉链,很严实,
就像我的缄默,守口如瓶。
烟头最后的红弱不禁风,灭了,
河边双人椅上有人,无家可归。

无比

我经常使用这个程度副词,
省略前缀和后缀,节制过度的热烈,
它不孤独,语义能够抵达无限。
我的无限程度都是限量版,
唯一。在唯一里无限放大,
像夜里偷袭而来的梦,重复、极端,
与现实相距两颗星星。
这几乎是无法丈量的距离,
比我知道的天涯和咫尺,更残忍。
始终不二。认定无比就是无比,
一条路走到黑,白也是黑,
黑得正大光明,一目了然。

江山

能够看见的江和山,
都不是江山。金沙江、嘉陵江、长江,
峨眉山、青城山、黄山、泰山,
我眼里江就是江,山就是山。
江山是胸怀里的社稷,浩浩荡荡,
没有界线和深浅的刻度。
一个人坐守棋盘,不问黑白,
指头翻飞满世界的风雨,
"谁持彩练当空舞"——在乎布局。

知水暖

肯定不是水上的鸭先知,
鸭子下河是一种本能,跟水的暖,
没有关系。硬把它扯上关系的是人,
假借和暗示习惯了,
越来越觉得自己聪明。
一只鸭子盛名之下诚惶诚恐,
它不能谦虚、不能辩解,
唯一能做的是把春天唱得更动情。

中秋节

好多虚拟的月亮飞过来,
眼花缭乱,接也不是,不接也不是。
这一天注定是瞎忙活,
不能置之度外,不能安然。
看不见天边的夜,只有一天,
就是中秋,那些似是而非的团圆,
留下满世界的虚空。

眼睛里的水

眼睛里的水不流下来,
不是泪。地球的湖泊、江河和海洋,
不宣泄不泛滥,也不是泪。

眼眶是水的河床,无法丈量尺度,
世界的狭窄和人生的辽阔,
尽收眼底。

没有比水更坚硬的物质了,
尤其眼睛里的水,尤其男人,
可以血流成河,决不轻弹一滴泪。

那年八一路路边店的雨,是隐喻,
在重庆的雾里深藏,两个男人,
一壶酒淋湿了全身。

男人的泪比黄金贵。一个男人
和另一个男人泪流满面,
桌上的折耳根、花生米价值连城。

上清寺香火被风吹，时断时续，
解放碑年事已高，身段越来越低，
那些林立的高楼依然仰视。

最纯净的水在眼睛里，容不得
一粒沙尘。即使烈日刺痛暗夜遮蔽，
也不藏污纳垢，剔透如晶。

坦然

我的笑可以拿走。

我的哭可以拿走。

外套、内衣、所有表情,都可以拿走。

这些从来就不是我的,人世间来回,赤裸裸。

绕不过的江湖,遍地鸡零狗碎,

想拿的都拿去,只要心安理得。

搬不动的是我的毛发,不能稀释的是,

我的血性。

我不是一个随便的人

我不是一个随便的人,
虽然我的言行不讲究,但决不会
离谱、出格。

街道很窄,马路越来越宽,我走斑马线。
路边的梧桐在一夜之间被连根拔起,
鸟飞了,我捡了最后一片树叶,
夹在书里作悼词。

记得那只鸟经常飞落在我窗前,
没日没夜给我说鸟语,说它前世是孔雀。
我已经懒得听它的叽叽喳喳,
觉得它不是一只好鸟。

我想给它说我不是人,我的前世,是弹丸。
终究没有说,我知道我如果这样说,
就随便了,就真的不是人。

神经疼

每次有人给树木修枝,
我手指关节,疼。
然后不停地抓捏、做小运动,
把自己训练有素。
被修剪了的树,不说疼,
习惯了刀剪。这样的比对好傻,
我明白疼痛自知,
与关联无关。
不是所有的痛都是伤害,
也有对麻木的干预和警示,
矫正太多的熟视无睹。
我确定我应该是神经性发作,
那疼,不会伤筋动骨。
这是冬天的规定动作,
与春天还有多远没有关系。
北风那个吹,雪花那个飘,
一根红头绳飞起来,凌空舞蹈,
我看见一个打死的结。

风声紧

风声很紧,行走小心翼翼,
一片树叶砸死一只麻雀,被野猫叼走。
斑鸠比麻雀魁梧,经常绝处逢生,
在院子里贵为凤凰。
蝴蝶回来了,没有去年的肥硕,
站在花蕊上摇晃,如果是喝醉了还好,
季节可以原谅。花儿却不依不饶,
花瓣也是打开的翅膀,也想飞,
没有蝴蝶,梦就碎了。蝴蝶有过承诺,
带花儿一起飞,想想也浪漫。
我见过的生死、海誓山盟多了,
那只鲜艳的蝴蝶,好瘦,好单薄,
就不该随便留下豪言壮语。
而且,这院子堆积满满的前朝落木,
所有的轻佻,经不起风吹。

经历过

风吹走手里一张便条,
与一片树叶接头,纸上的信息有隐喻。
一只鸟飞过,假装什么也没看见,
天色越来越晦涩。

无花果已经挂满枝丫,
突然的花开,被江湖的走卒裹挟而去。
甜言蜜语一句比一句煽情,
轻信季节死无葬身之地。

冬天的笑都不怀好意,
比笑里藏一把刀更不容易辨别,
雪花接近的目标还没有觉察,
我发出的暗号被风腰斩,零落成泥。

漂流瓶

漂流瓶起于"企鹅"时代,
虚拟海面扔下的寂寞,无中生有。
然后被另一个蒙面的寂寞打捞,然后,
寂寞与寂寞互动,人或为鱼鳖。
瓶子里肯定不是空空荡荡,有狐,
有当年祸害过石妇的狐。
现在的漂流瓶从面前漂过,
形迹可疑,寂寞都是诱饵,各种诱,
一不小心就拽你沉入海底,
水面救生的稻草寄生白色的卵,
怎么看也是鬼胎。

小倩

小倩姓不姓聂不重要,
走路有没有声音也不重要,
那天出没太古里,竟无人知晓。
那些国际品牌,与她衣袂飘飘格格不入,
宁采臣服装店生意红火,老板不在,
一条毛边牛仔短裤价格不菲。
小倩选一条穿上,有了人的时尚,
只是裸露的双腿很不自在。
出来与那只翻墙的熊猫打了照面,
熊猫有所觉察,而人已麻木,
全无敌意。树上飞落的那只乌鸦,
真真的就是吉祥物。

夜半歌声

酒吧在廊桥鬼鬼祟祟,

水上的幺蛾子,整夜整夜扑打霓虹,

人鬼面目含混,谁也看不清谁。

据考证不在老蒲笔下,已经二十一世纪

又二十年。夜半的歌声鬼哭狼嚎,

在府南河上,肆意咆哮。

现代社会的呼救,

无济于事。究竟是何方妖孽,

屡禁不止?《聊斋》里没有找到出处。

河对面,香格里拉的剪影,

也被撕扯得变形。

星期八

读《圣经》一身冷汗，
发现一周少了一天，上帝有点任性。
星期一有光，区别了昼夜，
星期二有空气，创造了天穹，
星期三有水，划分陆地和海洋，
星期四有发光体，编辑日月星辰，
星期五，水里有了鱼，各种鱼，
星期六，地上有了飞禽走兽，有了人，
星期日完成《创世记》，定为礼拜。
我确定应该还有星期八，人神验证，
不然装神的大行其道，忽悠方圆，
真伪难辨，越来越含混。

画像

整整一晚上都在画画,
画一幅被拿走一幅。
要画的人太多,认识和不认识的,
看不清颜面,手从四面八方伸来,
比千手观音少不了几只。

好在画的小品,极端虚无,
比鬼画的桃符还烧脑。
根本没有时间自我辨别,那些画
无论蒙别人还是蒙自己,
反正都轻车熟路,信手拈来。

幻觉真是好东西,月亮坝下看影子,
好大。盖世无双,得意扬扬。
其实那些画都是稀里糊涂,
胡乱堆码一些色彩,
要的就是花哨,眼花缭乱。

耳朵塞满赞美,不管真的假的,
一句比一句好听,受用。
天边透出光亮,才知道复制了南柯,

镜子里看见有白色颜料打翻，

溅在鼻梁上，好有喜感。

桌上江湖

饭局、酒局都在设局,
预约与临时起意有附加,
高档定位和苍蝇馆子如出一辙,
容易心不在焉,擦枪走火。

看人落座,看菜下酒,
冤家不聚头,猫鼠不同窝。
人世间最大的谎话就是——
酒肉可以穿肠过。

我庆幸我的朋友圈,
有鸿儒谈笑,有白丁往来,
满腹经纶和为稻粱谋的各色人等,
可以丢盔卸甲地聚齐。

吃饭就吃饭,喝酒就喝酒,
与太古里包间里的衣冠楚楚
和九眼桥散座的眉来眼去,
不是一个套路。

我喜欢满屋子荡漾的快活,

喜欢桌上没大没小没规矩,
来者本色出演,不设防,
即使磕碰,深浅也是一仰脖。

老兄弟

一碟花生米,一壶酒,老兄弟标配。
高粱大米糯米小麦和玉米,发酵的惦记,
都是点点滴滴,老兄弟老的是年份。

酒是过场,行走庙堂与江湖,看脸谱,
生旦净末丑应有尽有。老兄弟就是老顽童,
想说的话口无遮拦,想做的事说做就做。

一辈子真正的老兄弟没有几个,
不掐、不损,说明兄弟还没老的资格,
彬彬有礼的不是,甜言蜜语的不是。

有酒滋润,就没有市井的油腻。
兄弟之间如果勾肩搭背,纯属意外,
揭底兄弟关系,总是一脸坏笑:交友不慎。

说说死吧

有的迎面而来,有的背向而去,
有的一直站立,有的早就躺下,
能够看见的都看见了。

没有一模一样的死,
也没有一模一样的活,
死活要弄明白的死活不明白。

死过一次的人说不怕死,
那是信誓旦旦的虚假。人的死,
只有一次,就无所谓怕或不怕了。

死里逃生也是没死,
好好活,不要说自己死过了,
行尸走肉裹的都是花衣。

一座山与一片鸿毛,
不是自己拿捏的生命轻重,
心里惦记泰山的人,最后是轻。

之所以为人,只有生前的事,
清清爽爽,死后才干干净净。
不求视死如归,但愿了无牵挂。

一个无法面对的日子

只记住时刻,早上 7 点 10 分,
我起床,知道老爷子也是早起的人,
突然想拨电话。通了,没接,
再拨,又通了,那边声音有些异样,
心一紧。那个一直清醒、清晰的声音,
变得混浊而遥远——"我要走了"'
窗外惊飞一只白鹭,一声凄厉。
突如其来,突如其来,
一句没有任何铺垫的应答,比子弹
更迅疾地击中我的牵挂。
成都与重庆的距离被拉得很长,
四个轮胎长不出翅膀,窗玻璃外,
天空面无表情,路牌在倒,树木在倒,
12 点 08 分,戛然而止。
前面是世纪的界碑,只差五步,
就可以抵达我们的约定。

忽冷忽热

感应是什么东西，比医学更残忍，
如果我不拨那个电话，如果
老爷子不说出那句话，是不是
就不是这个样子？我记得非常清楚，
早上起来我从来没有拨过电话，
我无法面对这一天，手指犯贱，
拨出一个不该拨打的电话。

隔海哭吴鸿

一部打开的中文版图书，
在克罗地亚合上。海水的咸，
与泪水的咸纠缠不清，
我目光呆滞，支离而恍惚。

端端正正的汉字，
满满的歉意和倦容，
一个人远行的正面和背影，
化成一瞥惊鸿。

我只能在书里分拣属于你的
逗号、顿号和省略号，
找不到句号。那天的"早上好"，
是你最后给我遥不可及的问候。

终于明白你真的是累了，
这世上有多少汉字，
就有你多少深陷的脚窝，
毕其一生地陷入，再也拔不出来。

做书的人与做人的书，
浑然天成。干净的封面上，
一颗不生杂草的头颅，光芒还在，
上面的名字，从海上升起，玉树临风。

梁祝

梁山伯,与女扮男装的祝英台,
十八里相送之后,化了蝶。
他们的那点事,
从坊间的流言蜚语,
落笔成白纸黑字,
不是也是了。

梁兄青春期没有暧昧,
乔装的英台举止得体,
也算清清白白。
兄弟与兄弟,
比男人与女人之间,
更有一种情怀,牢不可破。

我的本家最早与英台,
就是兄弟,英台的小心思,

没有读懂。我想叫英台嫂子,
或者弟妹,其实真的不是。
宁波鄞州很多软语,都说是,
说得和真的一样。

古墓遗址里的梁兄保持沉默,
墓前碧草青青,隐约有衣袂飘飞,
没有成双成对。
风被小提琴协奏成孤零的雨,
过眼一只蝶,老态龙钟,
已经扇不动翅膀。

读书梁

北郊一个普通的山梁,
名字很好,梁上飘飞的书香,
在百年前那间茅屋里的油灯下,
弥漫多年,从那条羊肠子的道上,
走出一个秀才。

秀才不知去向,
读书梁在城市隔山隔水的地方,
有后来人很美好地记上一笔。
尽管听不到读书声了,野草疯长,
那条小路,瘦得看不清模样。

对面半岛城市一天天发胖,
有很多脂肪漂过江来。
最先堆积起坡月山庄,爱丁堡,
后来有了景馨苑,再后来,
一夜之间垒起黄金堡。

有好多好车来来往往,
保安举手致敬。好多大腹便便的人,

互不搭理,走得大摇大摆。
那间茅屋在这里肯定没有产权,
那些人和秀才毫不沾边。

我也是半岛挤出来的脂肪,
这和当时的肥胖有关,
以后开始减肥,减得格格不入。
也许我在这里丢人现眼,
无奈《重庆书》把我关在里面。

被惦记

一个人被惦记,
然后编成有鼻子有眼的故事,
看了还真不要生气。
以指名道姓讲有色的《聊斋》,
蹭得的热度也是幻觉。
人生不是自己想丰富就能丰富,
有人下了功夫正好弥补单调,
白纸黑字里没有花边抬举,
这人活得多么黯然失色。
埃菲尔铁塔的英雄主义都在稀释,
香榭丽舍大街树根下堆满的烟头,
丝毫不能污损巴黎的高贵。
如果故事滋生病菌,也没有关系,
真相只有一个,它在。
任何解释都是在消耗自己,
可以一笑而过,可以置之不理,
唯独不可以与小人齐名。
说与不说是别人的把戏,

信与不信也自有人拿捏,
每个人心里都有一面照妖的镜子,
城市下水道臭气熏天,
难免藏几只苍蝇。

麻将秘籍

梅兰竹菊已经淡出江湖,
东南西北中发白被遗弃,
筒条万正好是水泊梁山英雄好汉,
排过的座次。

成都烽火布下的战局,
还要事先清理一支部队,
挑选自己过硬的将士,血战到底。

打牌的终极其实是娱乐,
杠牌在手,一声"请看大屏幕",
肉跳不惊心,输赢都喝彩。

牌桌看人品,一张牌注定格局,
只有那些斤斤计较的人,
赢得起输不起。

有人点了炮就惊呼活扯,
有人剪了彩就得意忘形,
娱乐精神因为一滴血,输得精光。

牌桌上一声不吭的人，
可能有阴招，牌桌之外下手也重。
我喜欢灿烂阳光，谈笑风生。

大开大合与大起大落，
自家兄弟血战到底打出快乐，
每一个都是赢家。

回家

成渝高速,
是我唯一不能感受飞翔的速度。
横卧在成都与重庆之间,
混淆我的故土。

本世纪开始的那个春天,
我从桑家坡过往两个城市,
更像茶余饭后散步,
休闲的前庭后院。

和别人不一样,
我在两者之间无法指认。
从成都到重庆说的是,回去,
从重庆到成都说的也是,回去。

路上留下的表情,
归去和别离都是一样。
城市的面貌越来越清晰,

而我现在的身份,比雾模糊。

成都有一把钥匙,
重庆有一把钥匙,
汽车一脚油门踩下以后,
人还在家转悠,手机开始漫游。

造的句

一座半岛城市,
对于我是一本书。
我最初是里面的一个句子,
拆散以后,每一个字,
不能和另外的字重新组合。
即使百年以后,
时间与时间挤压,
句子依然完整。

比其他句子坚硬、干净,
不需要多余的字,
甚至标点都可以省略,
就像省略我在这里的简历。
沧白路的江湖省略了,
上清寺的装扮省略了,
黄金堡的脂肪省略了。

一个句子在书里,
与血缘有关,与劫难有关。
如果句子移植到体内,
生出些其他章节,

肋骨开出疼痛的花朵，
所有的叙述楚楚动人，
可以卷起风暴。

已知

速度在词语里奔跑,
成都、重庆互为起点和终点。
这是名词给我的安慰,
从名词开始,角色与经验可以转换。

以火锅为例,把伤痛转化为快乐,
相当于把活虾放进火锅,取出,
在清油碟里点蘸降温,
送进嘴里盘点。

或者把爱情转化为友情,
从红汤转移到清汤,
黄花、鲜藕、金针菇、牛肝菌,
最大好处是清热解毒。

这里包含了名词、动词和形容词,
以及一切可以包含的词语,
可以一锅煮,唯一煮不烂的是,
关汉卿的铜豌豆。

忽冷忽热

词语里的速度慢不下来,
已经无关重庆和成都。
一个词被另一个词直辖以后,
人的生死,也是高速。

不会用刀

我不会用刀,
担心伤人,或者
用力过猛伤了自己。
曾经追捧金庸的江湖,
棍棒、拳脚都略知一二,
只是缺乏演练。
刀是我的短板,自知之明,
手起刀落在梦里有过,
只是梦而已。
所以英雄主义在我这里,
充其量就是梦想。
那天在厨房里用刀,
洋葱躲闪,不伤皮毛,
我的手也逃过一劫。
刀落在地上弹跳,卷了刃。
终于明白了刀的委屈,
不握在人的手上,
好事坏事都干不了,
虚张声势,而已。

寂寞红颜

越是热闹越寂寞,
如果有性别,我应该雌雄同体。

四月天比山花开得烂漫,
六月雪披挂凛冽,让身体结冰。

一场假面舞会挥汗如雨,
清心寡欲,一盒酸菜泡面恰到好处。

我的热闹与我的寂寞,
没有界限,模棱两可。

但我知道寂寞是我的红颜,
与我相依为命。

非洲的猪生病了

非洲那边的猪生病了,
所有的人都紧张、慌乱,
比猪病得更厉害。
超市的猪肉明显受到冷落,
乡下人眼巴巴看自己喂养的年猪,
被拉走,活埋,泪流满面。
到底是担惊受怕久了,
神经早已脆弱,禁不起折腾。
我已经半月没有吃猪肉,
想想都满口生津。
从冰箱里拿出黢黑的老腊肉,
蒸煮,作为最后的祭奠,
告慰不清不楚生死不明的猪们,
相约年关,还能不能再见?

闻鸡起舞

风声大作,有人闻鸡起舞,
还有更多人在睡梦中。
自己给自己很多隐喻,很多理由,
流水与落花只能熟视无睹。
时间没有流连忘返,可以让你一败涂地,
所以祖逖将军每一天都在早起。
那扇打开的门,听得见鸡犬之声,
进出与起居的人,都不能自以为是。

低处

大地从来不与天空比高,
海拔的刻度只是呼吸的线条,
上下左右的生长与延伸,错落有致。
平原、丘陵和山岗与海的平面,
都是地球的外套。飞鸟不懂低处的守候,
低处适应蛰伏,雨水、泥土和岩石混凝成钢铁,
看得见钢铁是怎样炼成的爱情,
万物相亲相爱,妙不可言。

直面

每个生命都有自己的根基,
人类选择信任大地,与虎豹、与虫鸟,
不谋而合。谁也不能高高在上,
所以俯瞰大地只是幻觉。
可以平视,仰望,或者把俯瞰换成俯首,
即使长出翅膀扶摇云空,
即使使出浑身解数,一个弹跳,
离地三尺三,最终的回落,不语。

幸运

山川、村庄和城市没有真面目,
残存的牧歌、炊烟与霓虹混为一谈,
大地不堪重负。落日与朝阳的色块,
把儿时遗弃的万花筒塞满,密不透风。
我是不是还在其中,不能确定,
已经好久没有听孙燕姿的那首《遇见》了,
遇见一条鱼,在没有水的天上飞,
或者遇见一只鸟流落街头,都是幸运。

大地上

在大地上,你是你自己的线条,
笔直、曲折、纠缠,更多时候是一团乱麻。
春天迟迟不来,貌似花朵的口罩,
比雪更辽阔地覆盖了二月。
时间比流水还急,没有一秒停留,
好多奔跑的脚步追赶呼吸。
有阳光在,就没有死寂的土地,
我能够看见线条与线条之间,
一抹名正言顺的鲜绿,正在泛滥。

分歧

城市密不透风，
没有谁能够分辨梦境与现实的真伪。
一个人和很多人组装的"我们"，
在霓虹挤压的缝隙里选择静好，给城市留白。
和鼠的敌意与日俱增，在城市对峙，
即使它有宠物的乖巧，也是鼠辈。
它出入无人之地，探戈迷人，
有谁可以去与它匹配？

信，以为真

相信所有的花开，都有伤痕。
相信所有的水流，沉默寡语。
相信所有的石头，有血有泪。
相信所有的星辰，相依为命。

相信半夜鸡叫，半遮脸面，半推半就。
相信一个抱歉，一个解释，一个理由。
相信二次回头，二次装扮，二次忏悔。
相信三巡酒过，三更无梦，三生有幸。

相信基因相信血统相信胎记。
相信邂逅相信缘分相信意外。
相信山盟相信海誓相信表白。
相信雨霁相信彩虹相信瞬间。

暴裂无声

暴裂无声的时候,
心在流血,流血不止,看不见。
大片、大导演的名头,被鲜花宠坏了,
所有的大与我们不相干,
我们微不足道。
矿山。贫困。贪婪。暴力。衣冠禽兽,
活生生把一个弱小的生命,
射杀。忻钰坤没有遮挡这个镜头,
而是在犬牙交错的缝隙间,
调动长焦、广角、微距,
悄无声息地撕开伤口。
一座坚硬的山坍塌了,
画面上飞溅的雪,在燃烧。
我之前对这个导演孤陋寡闻,
暴裂之后,知道了人性和良知,
从来不走红地毯。

端午节的某个细节

诗人过节,不是诗人也在过节,
他们都提及一个人的名字。
桌上堆满诗歌,与这人已经扯不上关系。
我在一行一行数落自己,
数到第五行的时候,被迫打住,
刚更换的靠椅太过舒适。

窗外的街上堵得一塌糊涂,
我和这个城市同时胸闷,感到心慌,
我们屏住呼吸谁也没有声张。
粽子、黄酒以及河上跃跃欲试的龙舟,
像子弹一样飞来,我可以假装倒下,
等待被一首诗唤醒。

尽量保持,
节前的那种安静。
端午节的藏青色,
诗人忌日,所有人快乐无比。

不煞风景

所有的风景都不能永远,
层林尽染,在山的背后坐守天边落日。
山可以无动于衷,可以依次优美,
打开折叠的心情,铺成织锦,
一截给嘉陵,一截给长江,
顺其自然,放弃或者坚持。

只要头上天空还在,有鸟飞,
只要太阳明天照样爬上来,有温暖,
只要凡·高的向日葵不死,有色彩,
只要山水以外不重复小夜曲,有海啸,
那么,把手平放在胸前,
做深呼吸,从一数到无限。

山成为风景还是山,水成为风景还是水,
都不重要,重要的是自己成为自己。

比想象中倾斜了一点

神木,在陕北,
只比想象中倾斜了一点。

它朝西倾斜,
二郎庙把它垫高了一截,
落日的风吹疼了它的眼睛。

它朝北倾斜,
连绵的丘陵腹肌一样生长,
成为健壮的陕北大汉的炫耀。

它朝红碱淖倾斜,
沙漠长出的仰望天空的明眸,
还原成昭君的一滴泪。

它向煤倾斜,向煤的化工倾斜,
向空倾斜,向无倾斜,
向戛然而止倾斜。

有人要爱上它了,
有女人为它的直立而倒卧,

四面八方的欢呼,奔涌而来。

在以后的某一天,
信天游翻开那一块黄土,
有神如木,在那里使劲地呼儿嗨。

我拿一整条江的水敬你

子期兄,
汉水在蔡甸的一个逗号,
间隔了一轮满月。
耳朵埋伏辽阔的清辉,
与高山和流水相遇。

那个叫俞伯牙的兄弟,
三百六十五天之后,
如约而来,你起舞的衣袂,
已长成苍茫的芦苇,
月光下的每一束惨白,
都是断魂的瑶琴。

我从你坟前走过千年,
芦苇抽丝,拍打脸,
那是伯牙断了的琴弦,
很温润的疼。
你与伯牙走马的春秋,
指间足以瓦解阶级,
沟通所有的陌生与隔阂。

子期兄,
我拿一整条江的水敬你,
连绵的余音波涛汹涌,
一曲知音落地,成为绝唱。

红星路上

红星路上,
日光很毒,辣辣的毒。
绿灯,我在人行道过马路,
身边的人突然停下,我没有觉察。

迎面一个蹦蹦跳跳的少女,
黑发肆意泼洒在后背,如瀑。
她赤身裸体,眼神涣散,如入无人之境,
高跟鞋敲打在路面,格外惊心。

执勤的女警追上来,
捡拾一路扔下的衣物,两三个阿姨围上,
一阵忙乱,少女身上有了披挂。

人行道的红灯亮了,
没人行走的路面在痉挛,很疼。

并非虚构

你在干吗?
——我在接你的电话。
(他伸出指头左右摇摆)

一整天都没有动静?
——不敢动,担心错过你的电话。
(朝大家做了个鬼脸)

微信呢,也看不见?
——垃圾太多,没打开。
(一脸不屑的神情)

手机短信呢?
—— 一堆问号,估计你摁错了。
(一副得意的样子)

你现在在哪里?
——正在向你一路狂奔。
(再次示意大家肃静)

怎么这么安静?

——已喝令三山五岳开道,我来了!

(语出惊人,自己已经陶醉)

三个邮戳

三个邮戳发往南方,
南方海蓝得诗意。
波音从天而降,
寄存我忘了保险的邮件。
我的邮件很贵重,
取自大观园里的某块石头,
一个宝器,灿若
乞力马扎罗的雪。
雪白中三个邮戳格外醒目,
无法掩饰,无从解释。
悲悯是那天的感觉,
海上风起,
不染半点海蓝。

普陀观音

万里南海在你眼里,平和如镜。
扑面而来的风不会任性以往,
指尖上停留,都有了灵性。

人群里黑黑白白的故事,
跪拜中真真假假的虔诚。
我是风中一滴雨,从指缝滑落。

芳草湖

天涯没有距离,
远近都是一种默契。
相对无言,
既然陷入就让湖水淹没自己,
错得更纯洁一些。
岸上的风,
羡慕芳草依偎秋水,
芳草因一湖水而生动,
一个人,
因另一个人而生动。

似水

水流一段历史,
很久以前的战争过去了,
再也没有人提起。
现在开始和平,
重要的是不失去记忆。
不可以让鲜血开出花朵,
覆盖伤痛。
不可以把弹壳改成花瓶,
装满芬芳。
我知道河水中的每块石头,
都有故事,而我,
就在某个章节里。

空房子

四壁无窗,
白色单纯得令人心悸,
楼下人头攒动,如鼠。

无奈高墙远景,
猫眼被倒置,
从门外放大至里屋。

套间套住两个人,
空空荡荡,
彼此谈论的只是天气。

说说而已,笑笑而已。
世界变得如此窄小,
而房子宽敞无比。

鱼刺

会吃鱼的人会吐刺,
鱼进嘴以后,渣盘里留下
鱼的骨架。

不会吃鱼的人,从骨架上想象
鱼的丰腴。他会说鱼好,
但刺很可怕。

猫吃鱼不怕刺,
左边一牙齿,右边一牙齿,
充其量打几个喷嚏。

所有的猫吃鱼没有理由,
而人不同,有人心动不行动,
有人回味刺。

吃鱼有说不出的感觉,
比如爱,快乐是一种,
伤痛又是一种。

我从来不吃没有刺的鱼,
就好像,我不喜欢,
没有伤痛的快乐。

人眼猫眼

猫的眼里有流云,
和猫的对视有一种快乐。

猫眼里的我,
与我眼里的猫,彼此倒置。

猫也许看见了自己,
哭了,哭得伤心。

我明白其中的道理,
而猫不知道,以为倒卧就能纠正。

猫对颠倒了的自己,
不可思议,在地上重复翻滚。

我心里开始难过,
为猫的挣扎,为我的眼睛。

我和猫对视中的颠倒,
猫可以顺势倒下,而我不能,
决不。

劫数

一个人要经历多少劫数,
不能事先预料,没有预案防范。

随遇而安,否则跟自己过不去,
不死也要脱层皮。

自己的敌人永远是自己,
战胜自己的人,无疑是英雄。

比如推开房间发现被盗,
现场一片狼藉,能不能保持镇定?

比如车祸以后,血迹还在,
迎面的风飘过闻所未闻的流言。

在劫难逃不能自已,
伤害比实际有过之而无不及。

每个人都有难以启齿的片刻,
一片面包一杯牛奶之后,烟消云散。

忽冷忽热

没有机会享受惊涛骇浪，
枉此一生，劫或者被劫就当毛毛雨。

该来的都要来，该去的都要去，
一切写在掌心，靠的是自己拿捏。

在水之上

在孤寂中旅行,水之上,
时间失去控制,软床想哭,
想找人说话,折磨自己。

风吹来,破碎所有玻璃,
寻求唇亡齿寒。桅杆孤独,
水在船尾激动不已。

鄂语柔和如水,有刀刺。
船舷挂满亡魂,疑是奉节城门上,
曾经悬挂过的风景。

不是每个人的忧郁都在船上,
我有极好的水性又如何,
或生于水,或壮烈于水。

在水之上,天机不可泄露,
我,以及一尾鱼。

那人

让那棵树成为遗址,
淡化植树的情节,那人以为如何?

云团自天顶渐渐松润,
呈压城之状逼向小巷深处。

落日直截了当,
宣布一滴泪的归宿,死一般寂静。

更夫失眠,一夜之间换了朝代,
弹拨不再流行。

从树的根部攀缘而上,
不如一只蜗牛,身后之路如此耀眼。

杯水

一杯水深不可测,
往杯的边缘一站,不知天高地厚。

天是地之皇,地是天之主之说,
归结于绍兴吴妈的害羞。

其实那水,淹不死一根指头,
极浅,游戏之鱼忘了游戏。

狗落入水中,杯里的水纹丝不动,
能听见几丝残喘。

游泳之态终是不雅,尾巴藏起来,
大摇大摆很绅士。

水自杯沿溢出上了天桥,
月亮掉进杯底,失去了皎洁。

恍惚之中

说了不再喝又喝,
比以往更疯狂地喝。
我不明白节制的意义,
嗓子发痒,有话不能自由说,
我的话被打回腹腔。

需要酒来稀释,
需要反刍为另一种形态。
一种酒接另一种酒喝,
有泡沫和没有泡沫,
烈性和非烈性,统统不忌。

很多面孔恍惚了,
只有酒气相似,笑容相似,
酒穿肠而过却不能过,
整个世界,只剩下人的倒影。

条件反射

有一种方式可以久长,
云雨互不相关。

在某种条件被认可之后,
期待另一种条件。

另一种条件再次认可,
重复一种方式,重复一切相关。

我作为一种客观,
回复对方熟悉的语音,格外陌生。

条件反射,轻松认可一种方式,
或者一种条件。

未经苦难的男人不是男人,
不曾孤独的男人不是,
没有脾气的男人也不是。

陌生

很久以来我们互不相识,
脸上保持训练有素职业的笑,
温文尔雅。

肩头与肩头很亲近,
彼此听得见呼吸,
眼睛总是打量对方,是谁?

我们之间不动声色地游离,
或者永远没有答案,
即使手握得更紧。

想一些不痛不痒的过往,
写一些不急不躁的文字,
世界上怕就怕认真二字。

脸上随时笑容可掬,
但是我们,依然互不相识。

说树

一棵神秘树，
由于初夏的鼓舞自由自在地
绿了。
（种子埋在五月，
多情的五月，
已成为幸福的植树节）

神秘果，
遗落在未曾命名的土地上，
不再神秘，不再神秘是吗？
这里不完全是不幸，
这里不仅仅有悲伤。

偏要结果，
偏要结果在不到结果的季节，
过早地宣泄自己的成熟。
树是有错的了。
果是有错的了。
（五月也有错，土地也有错）

要绿就疯狂地绿一次吧,
年轻而且漂亮,
温柔而且痴狂。
让风无缘无故地产生嫉妒,
反正是错,反正是错。

卷二

白纸黑字

鱼的舞蹈

裸露的海岸惊恐万状,
鱼在最后的舞蹈中失去优雅,
所有张开的嘴唇,
终于不能闭合。
从鳃边滑落的泪发出呼啸,
上演好莱坞的大片,
倒海,翻江,印度洋搅动黑色泥浆,
覆盖了银色的鳞片。
回不到海里,搁浅的鱼,
把自己从未裸露的身体,
拿出来翻晒。

鱼的家族排不出演员名单,
不像人在这场演出以后,
有花圈、火烛谢幕,
有同族的泪,缅怀冰凉的记忆。
这是一场突如其来的演出,
正在恋爱的鱼,
活生生被分成东西。
正在产卵的鱼,
海藻里留下隔世的惊悸。

站立的鱼站成一个日子的标本,
散步的鱼蒸发了,空气刺鼻。

只知道海是鱼的舞台,
卷入海里的人不会跳鱼的舞蹈。
而鱼被遗弃在岸上,如涨潮,
再也没有自由的呼吸。
被抛向空中,一场鱼的暴雨,
倾盆而下,让陆地生疼。
这是从来没有见过的集体舞蹈,
鱼离开海的身体不再是鱼,
海离开鱼的身体还是海,
鱼身体里的海,呼啸永久的恐惧。

所不能及

我看见你的眼睛

一米五之外，眼里装满的樱花，

似是而非，你说是白内障飞的花。

我不明白这突如其来的变故，

即使看到的不是真相，

也相信这是早春的残留。

我忽略了你也限制一米五的视力，

我的眼睛和你的眼睛，都看不见明天，

目光短浅，不能自欺欺人。

索性闭上眼，让耳朵异常敏感，

听风，听雨，听春天留下遗言，

落花正在诵读："捷报飞来当纸钱。"

庚子年正月初五,听风

醒来想起赵公明,
天还黑黢黢的,窗外奔跑的风声,
从峨眉山下来,那是玄坛黑虎拉的风。
以前有朋友说听见这风声,
就是数钞票的声音,就有好光景。
而今天听到刀光剑影的喧哗,
赵公驱雷掣电,降妖除魔。
天快亮了,书架上《封神演义》还在深睡眠,
我听见的风不绝于耳,摧枯拉朽。
信这一回,在阳台上伸展运动,
卸下精神的盔甲,如果看见了黑虎,
说声感谢,尽管我彻底是唯物的。
此时此刻,风正在高调地行走,
喜欢这样的高调,正月初五,
把那些垂头丧气的恐慌,一扫而光。

立春

这个春天没有迎春的准备,
一直心神不宁。今天立春,
去茶店看孙女,沿途严阵以待,
车轱辘消毒,额头上测温,
摄像头前刷脸,大门咔的一声打开。
好像从来没听到过这"咔"的声响,
周边太安静了。
春天撕开一道门缝,
进去和不进去都得小心翼翼。
相信万物复苏指日可待,
但我满心的欢喜迟迟不来。
孙女不知道春天有什么幺蛾子,
在阳台上看飞机从楼顶飞过,
要我猜:上面有多少人?
我说,刚才我遇见的公共汽车,
都是空的,除了司机,没有人。

与万物和解

蝙蝠长出两米的翅膀,
蝗虫铺天盖地,新冠神出鬼没。
我在措手不及中努力接收人类的信息,
很弱,很卡,眼睛突然色盲,
只有黑。伸手不见的五指,
触摸冰冷的绝望。
我开始怀疑时间的暂停键失灵,
重新启动的阳光还有多远?
人和人,人和自然拉开的距离,
需要人来修复,而人已经羞于做人,
生不如死。我只想做一条鱼,
用我七秒的记忆忘掉所有——
过度的贪婪和欲望,深重的罪孽,
以及大自然饱受的创伤。
把这些想清楚,天就亮了,
时间还会回来,多一些蓝天和白云,
少一点罹难。英雄与人民,
都有同构的身躯和骨骼,
一个生命倒下,所有活着的人,
伤痛扎得更深、更狠。
躲过一劫,颂歌与祭文的诵读,

每个字句都不能省略,唤醒良知,
与万物和解,相亲相爱。
只有久违的吻还记得爱情打过封条,
亲爱的口罩,守护亲近、亲爱,
成为幸福的宝典。

这个春天为什么不可以写诗

谁也不愿意春天支离破碎,
这个春天的劫难,没有人置之度外。
时间暂停,人和人渐行渐远,
擦肩而过都成了奢侈。
适用于春天的词已经格格不入,
战场和前线以汉字坐实悲壮的情景。
不见硝烟的战场战事告急,
越来越近的前线,近在眉睫。
战争让春天生死攸关,所有人卷入,
不是所有人都能冲锋陷阵。
我不能每天以泪洗面,不能
囚在家里指指点点,更不能
熟视无睹无动于衷摆一副假模假样。
春天的树叶一片一片泛白,
惊恐、隔离、封城、逆行,
树枝上倒挂的阴影,让空气稀薄。
问问自己看到什么,想到什么,
问问自己在做什么,做了什么,
再问问自己:该做点什么?
不着一字不一定洁身自好,
留下文字也非馒头蘸血。

一个诗人在这个春天保持沉默,
如果把沉默引以为至高无上,
比一个战士临阵脱逃,更可耻。
这个春天为什么不可以写诗?
身在其中,被一千种情绪包裹,
任何情绪的表达都是释放,
多声部音色可以不完美,但它是
这个春天的证词,白纸黑字。

字斟句酌

美好祝福，比如一路走好，
不敢轻易出口，尤其对生者不能说，
犯忌。

活得滋润的人，被最亲近的人骂，
死鬼、挨刀的，骂得舒舒服服，
偷着乐。

很多字已经奄奄一息，正经的字句，
比悼词更冷，需要起死回生，
加调料。

举一反三，或者反其道而行之，
让酸甜苦辣麻秩序颠倒，五味杂陈，
是一种救赎。

汉字的古代和现代，建筑没有改变，
横撇竖捺面无表情，嬉笑怒骂，
都是人的组装。

美学问题

美都是人云亦云,
出入春熙路、太古里目不暇接,
经常怀疑误入聊斋的画壁。
天女散的花,眼花缭乱,
审美疲劳是成都的常见病。
如果偶尔发现几粒雀斑,
静卧白皙的脸上,喜出望外,
比单纯的姣好耐看,比惊艳更艳。
想起那年北方见过的大雪,
白茫茫不见山水,不见来路和去处,
有谁的脚印来一行草书,
宁愿躺在雪地里,以身相许。
很多事情都不必刻意而为,
瑕疵漫不经心地浮出,
恰到的好处,别开生面。

一则新闻

父亲砍柴从悬崖摔下去了，
母亲病倒在床，再也没有醒来。
一座空洞的山和一个年迈的老奶奶，
成为小女孩的全部。
新闻里有小女孩七岁的年龄，
有上学路上每天徒步四小时的时间，
有白纸黑字堆码起来的煽情。
煽情的部分是内核，有视频特写，
小女孩蹦蹦跳跳，像小鸟，
天真的笑，像鸟鸣。
这是怎样的满满的无忧无虑？
我是不是应该感谢镜头的穿透力？
笑声像一颗子弹穿过胸腔，
我将应声倒下，什么也看不见。

十六岁之前我没有一张照片

如此不可思议,
我的童年、少年,以及懵懂的青春,
没有一张照片。我确定不是丢失,
而是从来没有面对过镜头。

心里有十万个为什么,却不敢问,
担心我的疑问让一座山坍塌。
父亲母亲摇摇晃晃走了近一个世纪,
也没留下他们年轻过的照片。

或者这不止一个家庭,
在生活撕扯的天坑地缝里不能曝光。
十六年的空白不是疏忽大意,
不是时间错位,而是没有笑容可以收藏。

拖儿带女的父母真的老了,
现在很多事情不闻不问不关心,
却天天翻看孙子、曾孙们的照片,
还反复叮嘱,多拍一些,不要嫌麻烦。

十六岁之前我没有一张照片，
嵌进我记忆里厂区低矮的平房，
父母直立的腰身，渐渐佝偻，渐渐萎缩，
那是不会残缺的底片，我就在里面。

我的粽子,始终是一首诗

两千年前一块石头沉底汨罗江,
那些迷离的神话,那些香草、嘉木
和水里的藻类互为纠缠,
把国家的厄运、个人的哀怨,
演绎成呼啸的抒情。
以后有了有别于《诗经》的浪漫,
汨罗江上阳光泛滥的丝线,
装订了亘古不衰的《离骚》。
那些丝线也开始浪漫了,
五月初五,装饰在粽子的衣裳上,
一天比一天捆绑得更紧。
我的粽子怎么看都是五花大绑,
那个在长江听惯了子规啼叫的少年,
那个长大以后身陷战国,
一直在楚怀王身边的"左徒",
被放逐,被旋涡撕扯得遍体鳞伤。
看见秦的暗箭埋伏朝廷,
看见楚天欲坠,楚地白骨成堆,
以一首带血的《国殇》当箭,
喷射而出,天空低垂,百姓潸然落泪。
泪雨已经不能冲刷满目的疮痍,

那个双手向上仰天长歌的诗人,
以这样的姿势定格了记忆。
我的粽子,始终是一首诗、一个人,
——"日月忽其不淹兮。"

与一匹蒙古马为伴

草原上的孤烟,
从黄昏的后背升起,篝火萎靡,
最早的英雄都有野生的习性。
马蹄生的风被我揽在怀里,
落日挂在嘴边,拉长正在叙事的呼麦,
身边野草轰然倒下,我站起来,
与一匹蒙古马数天上的星星,
一颗比一颗干净。
远离荣耀不是容易的事,
历史的卷宗封存,马的旋风,
横扫过欧亚的岁月,写进家谱,
光荣榜有没有姓名并不重要。
赤峰、科尔沁、呼伦贝尔,
草的苍茫里我也隐姓埋名。
我走过的路和马蹄留下的痕迹,
没有关联,唯有野生让我心生欢喜。
那匹蒙古马已经上了年纪,
眼里有一滴泪落不下来,
轻轻抚摸它的鬃毛,风卷了边,
时间就地卧倒。

在缙云山寻找一个词

缙云山不在三山五岳排位上，
也从来不觊觎那些与己无关的名分。
身段与姿色与生俱来，一次不经意的邂逅，
都可以成为永远。

很多走马的词堆积在山上，
被风吹散，比落叶还轻，不能生根。
所以我不敢给山形容，不敢修辞，
不敢自以为是，牵强附会。

缙云山不说话的石头饱读诗书，
拒绝抬举，拒绝粉饰，拒绝指指点点。
缙云满满的红，让人的想象无处留白，
七彩逊色，所有的词不能达意。

一只鸟在陶乐民俗的木栏上瞌睡，
它的稳重让我惊叹不已。
我深信那是我曾见过的鸟，那年，
它醒着，四周安静得听见露珠的呼吸。

缙云山端坐如处子，还是那么年轻，

而我，和所有的人已经老态龙钟，
我感到羞耻。叽叽喳喳里惊吓出一身冷汗，
害怕那只鸟醒来认识我，无地自容。

面对缙云山满腹经纶，我寻找一个词，
搜肠刮肚之后，才知道任何词都不匹配。
只有名字没有亵渎、纯粹、干净，
于是我一遍遍重复：缙云山、缙云山。

缙云山听雨

山的胃口很大,
很轻松地吞吐太阳和月亮。
我从来不敢贸然进山,禁不起这样折腾。
缙云山的诱惑,是人都无法抵挡,
山下找个角落,在没有太阳和月亮的时候,
听雨。

缙云山的雨长出很多绒毛,
绒毛与绒毛之间透出的光影很暧昧,
那是夜的霓虹、夜的魅,与日光和月光无关。
此刻,我愿意在心里呢喃山的乳名——
巴山。然后,巴山的夜,雨。

李商隐已经作古。
巴山夜雨演绎上千年别情、隐情,
有一滴留给自己够了,不枉一生。
在缙云山听雨,灵魂可以出窍,
顺雨而下,嘉陵江、长江,直到漂洋过海,
我就在北碚,等你。

沙溪辞

沙溪古镇小贩的吆喝，
夹杂元明古韵，石板与石板的缝隙里，
探出头来的小黄花已经隐姓埋名。
没有招牌的门脸和摊位，
像一件对襟长衫齐整的纽扣。
深巷里促织的睡梦被流水带走，
再也不会复原。

当年监察御史和刑部郎中的官靴，
行走沙溪也不会有大动静。
外来达官贵人建造府邸的青砖红瓦，
接上烟火和地气，生出紫烟，
威乎乎扶摇直上，小戚戚逗留花间月下，
帘卷细雨清风，庇佑天伦。

枕河人家南来北往的方言混为一谈，
身份、官阶落地皆隐，阶级模糊，
邻里就是邻里，一壶明前好茶，
煮酽的情感一衣带水，任凭雨打风吹。
温婉的七浦河就是沙溪枕边书，
水流一千种姿势都是抒情。

顺水而下，在沙溪遇见一杆老秤，
麻绳滑动的刻度在手指间，
迟疑不决。我明白这里的刻度不是斤两，
而是时间长度，我想停留此时此刻，
停留我在沙溪一见钟情的眼神。
看过太多古镇的赝品，唯有沙溪，
年纪模糊的老秤，泾渭分明。

石拱桥上二胡的插曲

石头横拱七浦河的利济桥已经年迈,
要身段有身段,颜值顶配。
过往的人在桥上走不动了,各种姿势摆拍,
好看和不好看的一个神态,笑盈盈,
美滋滋。

一把二胡在哭。拉琴老人脸上没有表情,
看不出流淌的琴声与他的关系。或者
为亡人,或者为桥下的流水,
或者这里埋伏忧伤。我靠近他身旁,
感觉风很冷。

和他席地而坐的一只空碗,装着谜,
谜底谁也看不见。流浪艺术在生活的碗底,
空空荡荡。突然想起瞎子阿炳的墨镜,
想借来戴上,假装不在现场,
因为找不到接济的方式。

有人习惯性在碗里留下纸钞,有人俯身
询问有没有二维码,老人毫无反应。
我什么都不能做,一个叫二棍的诗人,
坐在他身边,像失散多年的兄弟,
水在桥下被风吹,起了波澜。

惠安女

我知道海的风往哪个方向吹，
台湾海峡这边，惠安女浓艳的花巾，
招摇于浩瀚的蓝，格外抢眼。
细腰标配硕大的裤管，空空荡荡，
风集结而来，鼓舞成型，两只黑色的海螺，
在礁石上发出海啸。

这是站立的海螺，奔跑的海螺，
一生就是一条海岸线。海螺里的风，
与海上的风遥相呼应，那些出海的男人，
知道风的方向，天涯海角也听见风的歌谣。
海边没有望夫石，惠安女胸怀
比海大，手臂举起千帆的桅杆。

惠安女的风情被紫菜团裹紧，
千丝万缕不再漂浮和游离。比如梅霞，
名字不属于自己，可以被人忘记。
岸上所有的女人，都叫惠安女，
就像紫菜裹成的团，没有尊卑与长幼，
只在乎临风，收藏逆光下的剪影。

惠安女是不是网红无所谓，在惠安，
一壶茶、一杯酒、一次不设计的偶遇，
都是惊喜。我和惠安女的合影，
一架老式婚床随意作背景，
照片就铺天盖地。此刻，我比网红还红，
必须写首诗，给我幸会的惠安女。

海的箴言

海上、海边和海岸没有界线，
惠东半岛的老人很笃定。海浪撒落珍珠，
太阳碎了一地。我在大岞村一块石头上被照耀，
努力睁开眼睛，海鸥在头上盘旋。

我从很远的地方来，和我一起来的还有嘉陵江和长江，
它们跃入大海最后的回望，在我枕边，
留下抒情的段落和章节。而在此刻，
只有无边的苍茫。

身边的将军公庙祭奠的将军没有档案，
香火缭绕的青烟与那些举香的人没有关系。
礁石上每片伤痕都是生命截句，
船长和水手留下相同的名字：海难。

在海上，船骸没有籍贯，尸骨没有籍贯，
漂流至此就在将军公庙完成了航线，
都是大将军。所以抒情最好别来听海，
再大的事比不过海事，海的颜色，不止于蔚蓝。

洛阳桥

石头可以漂浮起来,
万安古渡八百米石筏上的晚唐,
把泉州湾湍急的江水,
裁剪成第一条海上的丝绸。

小语种的莆仙话,
与阿拉伯语,与海上数不清的语种
无障碍交流。石头的漂浮与丝绸的飘飞,
超出所有人的想象。

洛阳江帆樯林立,
海蛎般迅疾繁殖的商贾,
比海蛎更热爱这里的水,水上的桥。

石头扎成的筏,在水里
把蔡襄和卢锡的名字,
喊成海的波涛,汹涌了千年。

忽冷忽热

渔家打捞上岸的海蛎,
蛎壳打开,保持了飞翔的姿势,
石筏在飞,丝绸在飞,一条天际线,
靓了泉州的额头。

说闽南话的白鹭

洛阳江的初冬,水还暖,
江心红枫林星星点点的白鹭,
比我家乡府南河上的白,还耀眼。

离我最近的那只一动不动地与我对视,
我认定它是这里的首领,习惯了
在南腔北调里甄别远近亲疏。

我给它说杜甫,它扇了扇翅膀,
我给它说李白,它又扇了扇翅膀,
然后发出平平仄仄的欢鸣。

我知道这是它快乐的应和,
说的闽南话,就像我的泉州兄弟。
此刻,正在用古音诵读唐诗。

孝感巷里的刺桐

巷子老了,刺桐也老了,
我在余光中诗里见过的那棵。
余光中面面俱到,把刺桐挤进孝感巷,
以至于我见到它的时候,
几滴雨就遮挡了视线。

孝感巷孝感动天的故事,
刺桐树历历在目。只要有风吹,
母亲的白发就白了黑的夜,
满树的花朵,满城咳出的血。

这情景被一条老巷装订在出海口,
马可·波罗当年路过,
看见白夜里花朵的燃烧,
泉州,就更名为"刺桐港"了。

孝感巷在城市的深处,已经少有人迹,
刺桐还在,那红,还淋漓。

进入我身体的海南

我确定,海南已经进入我的身体,
年少记忆的椰子树、万泉河,
一群背斗笠的红军女战士,
严肃、摄人心魄的眼神,深入我梦,
挥之不去。那时,
我正在读歌德的《少年维特之烦恼》,
借鉴给我懵懂的烦恼,
没有丝毫颓废和恍惚,
而是确立革命目标,
加入队伍,从红小鬼走向洪常青。
这是我埋藏很深的隐私,
同学不知道,老师不知道,组织不知道。
我的私心杂念渐渐长成一座山,
山长出了五指,五指敲出的文字,
在半个世纪以后的岛上,
泄了密。

与杨莹信步玫瑰谷

亚龙湾盐碱地不生长玫瑰,
杨莹把自己种下。一个画画的女孩,
从上海到三亚,打开画板画了第一朵玫瑰。
海水很咸,土地很咸,泪水很咸,
终究没能阻挡肆意的绽放。
一片玫瑰花的海洋在岸上,涨潮,
与亚龙湾的海互为波涛,
掀动亚细亚的海啸。
画画的女孩画了十年玫瑰,
把自己画成了女王。
在玫瑰谷,我听她细数家珍,
品种、习性、颜色、花期,
目不暇接,芬芳汹涌。而我看她,
就是最灿烂的一朵。
一个画画的女孩,
有了自己的玫瑰王国,天涯飞花。

惠山泥人屋

惠山古镇的泥人屋,
比左邻右舍的门帘都低调。
一只麻雀在台阶上溜达,
店家给泥人描的红,
江南少女呼之欲出。
我在屋里转了一圈,清冷里,
想象当年老佛爷五十大寿上的八仙,
曾经带给惠山东北坡山脚下,
那些黑泥的荣耀。
年代久远,已经回不到过去,
那些胖乎乎的家伙一点没有减肥,
观音、弥陀食了人间烟火,
和我一样可以妙趣横生。
满屋子手捏的戏文,京剧、昆曲,
以及当地地方戏的折子,
我听得见满堂喝彩。
临走,店家还埋头在案桌前,
他手里的老渔翁正在收线收竿,
我是被他钓起的那条鱼。

借一双眼睛给阿炳

阿炳的眼睛瞎了,
太湖水冲洗不掉阴霾。
一身道骨被仙风轻描淡写,
二胡流落街头,行弓的滞意与顿挫,
把江南风雨绕指成断肠。
我每次在他的塑像前,
为自己的一双大眼深深自责,
我想把我的眼睛借给阿炳,
让他看见满世界的鲜花,
满世界对他的仰望。
惠山脚下,二泉映照的月亮,
银辉书写江山,气贯天涯。
阿炳什么都看不见了,
看不见小泽征尔翻飞的指挥棒,
看不见大师一低头的泪涌,
看不见那个跪拜的定格。
这所有看不见的震撼,
都在阿炳两根弦的中国琴上,
汪洋向远、向无边的辽阔,荡漾。

在武胜

从春天来了到花儿开了,
三百米篱笆墙,一个鱼跃,或者
单腿一个跨栏就有满满的芬芳。
也可以想起飞龙的样子,
能不能看见龙不重要,卧龙、飞龙,
在那里被风叫醒,被花儿闹醒。
庭院、别墅、洋房,和泥土相依为命,
这是放之四海而皆准的命题。
城市里的鸟语花香多少有些奢侈,
而这里的花鸟像天上的星星,
有名有姓,有武胜的户籍,还有
稻香鱼肥和大把的负氧离子。
那些看不见摸不着的新鲜空气,
醉了氧就睡他个百无禁忌,
醒来神清气爽,逆生长,
一夜间还你胶原蛋白,在武胜。

到武胜去吃英雄会

英雄不问出处，英雄的情结，
与生俱来，宝箴塞森严的壁垒挤压，
或者南宋末年蒙哥军帐外的威风，
注入武胜的都是血性。攻守与成败，
都有自己的结局，不能偷偷摸摸，
否则就是胜之不武。
多少年以后，英雄无须下帖，
威乎乎走上餐桌，英是英，雄是雄。
英雄会的是低调和含蓄，
也不问出处，把酒浅尝，大饮，
三杯两盏之后，冷兵器时代的渣渣鱼，
游进了热兵器时代的三巴汤，
汤里的海市蜃楼有了虎豹和鸾凤。
仅仅就是一道菜，有了联想，
那些旧年的太监和嬷嬷，
想想就心酸，切莫登堂入室。

二郎滩

酒就是水。赤水河从二郎滩上岸,
密封了天宝洞里的鼾声,瓦缸上的苔藓,
是哪个年份受的孕,二郎说得清楚,
不问隔壁。

二郎行事低调,从未觊觎老大的座牌,
老二一滴酒搅动的江湖,神采飞扬。
洞前年老的年轻的年少的饮者鱼贯而入,
出来彼此忘年,留其名。

其实酒的秘籍很多都是花拳绣腿,
真正的绝活——良心当基酒,谦虚走流程,
与"工匠"里典藏的荷尔蒙勾兑,
可以青云直上,鸿运当头。

我在庄园隐秘处调制一壶酱香,
非常确定,那一刻找到了天地人的精华,
那些微生物在水里游弋,比蝌蚪快乐。
回不去了,醉卧二郎滩,水也是酒。

对酒当歌

一杯就蠢蠢欲动,

再冷血的日子都可以燃烧。

粮食的一二三四五,发酵、池藏,

激情勾兑,从长江第一个码头一泻千里,

有了大海的辽阔与苍茫。

液体的透明看得见它的前世,

秦汉僰人蒟酱,三国苗人果酿,

唐的重碧,宋的雪曲,

然后是巴拿马一百年金牌不倒,

五粮液澎湃三千年浓香。

男人应该大碗喝酒,

尤其是五粮酿制的原浆。五种粮食,

固体转化成液状,能够穿石,

能够填平沟壑,软化堆积的块垒,

行走如风,不再纠结和计较。

女人不能与酒擦肩而过,

酒是男人香,错过就错过一团火焰,

错过一次不设防的肝胆相照。

酒香比脂粉、比甜言蜜语可靠，
酒不藏污纳垢，浅尝与开怀都透彻。

闹市里的永利川典藏真情实感，
悠远而绵长，一滴就澎湃，就汪洋。
五粮液家谱中一直惦记粮食，
那是家族的品质与荣耀。人生锦绣，
最好的选择，对影成三人。

芙蓉洞

一个字在洞口开花，
芙蓉肥硕的唇，磨瘦了时光，
远古年龄不详，洞穴里一次深睡眠，
石头、水、乳皆活，浑然天成。
一千零一种迷人的体态，
一百零八种销魂的姿势，
静与动都恰到好处。
深不可测，呼吸越来越急促，
那生命之源竟是自己，
半路留下的根。

飞升的感觉在深处，
滴水的声音也是汹涌。
繁衍成江海与森林，
英雄座次后宫粉黛有了出处，
灯光渲染的帐幔言情，
版本更新，不断接近真相，
幽怨凄冷都是解说的词。
一块没有命名的石头正襟危坐，
在那里默诵：为老要尊。

芙蓉在洞口怒放,
不能抑制的生猛与肆意,
一泻两千七百米。每一米丰腴,
都在激活那个字,
那个字洞里不能藏,没有
那个字简洁象形,不生僻。
所有坚硬生成平滑的肌肤,
有了性情、血脉和姓名,喀斯特
在武隆,他是芙蓉的儿子。

双乳峰

仰躺是你最好的姿势,
海拔高不可及。所有哺育过的高度,
都低下了头,温顺如婴。
不仅仅是黔,黔以远,东西南北以远的方向,
海拔从每一个生命升起,
成为最高的峰。

我骄傲的头,置放在巨大双峰的沟壑里,
从年少到青春,直到我老的那天,
我的梦想、我释放的男人的体味,
都有乳的香,你的给予。
我会和我的那个女人来看你,
我会把看你的女人,当成我的女人。

布衣的温情包裹野性,
再多的强悍与嚣张,都在双峰之上,
绕指成柔。踏歌泼洒的米酒,
曼舞邀约的蛙鸣,一只捉迷藏的蛐蛐,
跳上夜的指尖,从此不再寂静。

咸宁温泉

咸宁泡出很多故事，
不温不火、淡黄色的奢侈，
与草鞋和布衣相依为伴。
朝廷距离遥远，历朝历代的江山沸沸涌涌，
没有从这里的岩窟，汲取一杯纯净。
雾气蒸腾的风花雪月，无须花边修饰，
久远的久，温泉的温，有一次赤裸的浸泡，
灵魂就干净了。

距武汉八十公里的天堂，
这是还没有被污染的浴缸。
原始的微量元素，与你亲密接触，
每种抚慰都有最隐秘的释放。
天然不是制造出来的，水击石岩，有虹影，
整个身心开始温润，看见雪地鲜花，
与水游戏，如鱼，自由深潜渊底，
暖阳掉进池子，掀起波澜，由表及里。

丹江道茶

刚刚告别武当,
鄂西的山还在骨节里威武,
汉水蒸发的氤氲,源自真武大帝炼的丹,
针尖那么一点,得了道。

气象浩荡,阴阳分割的八卦直抵太极。
上风上水的丹江岸,满山遍野的茶,
黑、白、绿、红,茶杯里的沉浮,
看见今生与来世。

我青睐的竹叶青,用丹江水煮,
我不离不弃的峨眉雀舌,上了武当,
不再叽叽喳喳。一壶茶酽在丹江,
不问来路和去处。

文笔峰密码

一只没有祖籍的鸟,
比刀更锋利的羽毛,划破了
水成岩褶皱里的深睡眠。

文笔峰在天地间举一支巨椽,
披挂唐宋元明屯集的风水,
比身边的海更浩荡。

皇家禁苑的清净,
匹配白玉蟾仙风道骨的虚空,
王子脚印垫高的海拔,将军横刀立马。

峰顶无形无象,
太极辽阔了沧海桑田。天的边际,
一朵云飘然而至,有麻姑的仙姿。

而这些文墨只是印记,
那只子虚乌有的鸟,那只得道的鸟,
留下一阕《如梦令》在海南。

沉香弥漫，道场深不可测。

在笔尖上做一次深呼吸，

所有的包袱都能卸下，云淡风轻。

红白场

从嘉庆七年皇宫的城墙上剥落,
太阳的外套、天齐公的内衣,
晾晒在山岭挟持的街头。

一边是红墙的庙场,祭拜太阳神
鲜红的福祉。一边是白墙的庙场,
祈求天齐公清白的风水。

身边流过的两条河水也不分彼此,
很少有人知道哪一条姓红,
哪一条姓白。

石亭江渔船走了千年的水路,
一架篾篷飘飞炊烟,一锅鲜美鱼汤,
熬煮红白豆腐。

通溪河少女的纱幔款款而至,
水上了岸,煮一壶明前的红白茶,
上年纪的人都好这一口。

两江合流,两个庙场一个眼神,

自然、和谐,土地和庄稼,
联袂上演丰收的折子戏。

红与白,与民间的红白事无关,
很多年以前在地图上命名,
红白交汇,可生万物,可及浩渺。

鋈华山

深不可测。不只是大禹遗迹，
不只是日照、云海、佛光，以及
若隐若现的海市蜃楼。
一缕风过，几句鸟语，
也藏天机……

远古在岩石上飞针走线，
把鋈华山缝制成一部线装书。
大自然博物馆，发黄的落叶画卷，
奇花、异树和珍禽的舞蹈，应有尽有，
溶洞里悬挂的都是秘密。

海拔忽略不计，不是高度才有险峰，
起步落脚，穿越五千年文明。
原始森林里的惊险和奇遇，
或许就在一不留神间，
把自己带了进去。

鬼斧神工的仙境，在人间，
一不小心把自己变成艺术品。
所有已知和未知，崟华山包罗万象，
脚下一步路，叩问几千年，
谁能够一眼望穿？

皮灯影戏

羊皮、牛皮或者厚纸板,
削薄,削成穿越时光的透明。
灯光从背后打来,
三五件道具,一个人转换角色,
十指翻动的春夏秋冬,
在皮质的屏幕上剪影,
剪一出川戏。

一壶老酒醉了黄昏,
皮影前攒动的男女老少,
从长衫沿袭到时尚的T恤,
都好这口,很过瘾,
比起那些堂皇的影院,
多了些说不清道不明的怀旧。

幕前与幕后,跟着剧情疯跑,
南征北战,喜怒哀乐。
皮灯影戏的剧团,
导演和演员一个人,
剧务还是这个人。

忽冷忽热

上演千军万马,
气吞万里如虎。
也有煽情的儿女情长,
悲悲切切,千结难解。
收场锣鼓一响,影子露出真相,
也是明星,前呼后拥。

万年台子

原木穿斗搭建的乐楼,
无法考证缘起的年代,
其实没有一万年。
台上的形形色色很近,
水袖舞弄历朝的帝王将相,
看过一千遍。

人们伸长了脖子,
迎接一次虚拟的圣驾,
再带回到梦里,慢慢咀嚼。
万年台子的泛滥,
像春天雨后冒出来的蘑菇,
没有不生根的地方。

神庙、会馆,甚至富家大院,
也要吊一个台子在阁楼。
婚丧嫁娶,奠基拆墙,
只要锣鼓哐当一响,
生旦净末丑鱼贯而出,
粉墨登场。

忽冷忽热

川剧在万年台子上,
笼罩了岁月绵长的沧桑,
台下都是一种仰望。
幕后的帮腔一嗓子喊过村外,
村头的槐树醒了,
狗挤进人堆,
与主人一起回味以往。

资阳表情

最后一滴血化成碧玉,
雁江忠义镇高岩山上的石头,
有了盖世的名分。
春秋战国的礼乐埋伏沱江涛声,
苌弘的音律乐理源自蜀地原乡,
惊动了齐鲁圣贤。真正的圣贤绝非自命不凡,
决不自恋。孔子拜师苌弘拉长的镜头,
定格为资阳的封面。

左臂牵手一个重庆,
右臂牵手一个成都,
巴与蜀主干延绵的年轮,面目清晰,
枝繁、叶茂,分分合合都是等距离。
北宋的那尊卧佛一直睁着眼睛,
我从身边走过不敢喧哗,退后百米,
默读满腹经纶。此刻秋风捎来的雨点,
拍打脸颊、嘴角,每滴都是原浆。

三万五千岁的"资阳人",作封底,
眼花缭乱,街上流行的红裙子,
招摇过市的高跟鞋,如此时尚和光鲜,

忽冷忽热

看得年迈的先人真想翻身起来，
过把瘾。最早的古人类唯一女性，
应该封存了最好的颜值。
在资阳，车水马龙的一个缝隙，
都有现代的刻度，版本天天更新。

那枝小榄，那个小镇

铺张的海风，以及金色、银色的滩涂，
成为诗人抒情一万里的分行。
诗歌断句在一个叫小榄的小镇，
镇上披挂霓虹的高楼和酒吧，
比海风、椰树、滩涂更具有诱惑，
实在是难以想象她的身份。

只在地方地图上橄榄模样的小镇，
镇上流行粤语、外国语，以及半生不熟的普通话。
公交车、出租车、刷卡、打表，
吞吐这里行色匆匆的表情。
五星级饭店的欧美血统、亚非血统，
都是一个笑容。
幸福指数爆表，都是橄榄的回甜。

小镇上的菊朝着世界开放，
而菊的花比所有的花，更含蓄、更内敛，
花瓣包裹的蓬勃以一种强势，

把一枝小榄的名字放大，舒展成花的海，
肆意汪洋，让世界吉尼斯记录在案。
就是这枝小榄，这个小镇，
在南中国的低处，接纳所有的仰望。

过年在佛山

一碗腊八粥诗歌熬制，
文火烹煮的禅意上了热搜，
把南海的波涛分行，南海之外，
再高的山峦也要俯首，
佛在佛山仰卧起坐垫高的海拔，
成为仰止的高峰。

禅是一座城，没有其他城称禅，
城是一首诗，东西南北各路诗人，
怀揣长调与短歌，诗会腊八。
佛山读诗，读大海的宁静，
佛山写诗，写江山的苍茫，
南海以最好的身段，笔墨伺候。

海上潮起潮落，
四公子一个个身怀绝技，
可以深入，可以浅出。
遗落在佛山的诗句有了酱香，
押韵的左脚和右脚乱了节奏，
"醉"有应得，过年就该来佛山。

兰州

一碗牛肉面的兰州。
油泼辣子的兰州。
董小姐兰花指上的兰州。
老娜小老王骨子里刻痕的兰州。
俯卧的兰州,仰躺的兰州,
带颜色的酒曲儿灌醉,横七竖八的兰州。
我也想兰州,站着想,
躺下也想,生拉活扯地想,
想入非非地想。

去一次兰州就落下病根,
直到把一个好端端的人,
想成了诗人。孤烟、大漠、野马、烈酒,
伸手揽在怀里。鱼在天上飞,
黄河一口一仰脖,站也站不稳,
走也不想走。一张脸兵荒马乱,
在兰州也可以山清水秀。
醒来听花儿高调,花开妖娆,
蠢蠢欲动。

在贝尔格莱德的痛

南斯拉夫没了,
中国大使馆的旧址拆了,
建筑工地一角,一块大理石,
正在被黑色幽默。
一段碑铭,两个年轻人的名字,
比生命站得更凄冷。
天下着细雨,
几束枯萎的野花挂满泪珠,
惨淡的黄,格外刺眼。
没有遮挡的大理石不说话,
没人驻足,没人多看它一眼。
贝尔格莱德面无表情,
比鱼的记忆更短暂。
我蹲下身去,听那年的炮火,
跨洋飞落地下室的精准。
我从我的祖国远渡而来,
在这里看不见多瑙河的蔚蓝,
只能小心翼翼地擦拭,
碑铭上的泥泞、凌乱的枝叶,
害怕我翻江倒海的伤感,
触碰到它的痛。

有一种感觉留在大阪

有一种感觉留在大阪,
瞬间角色变换,不只是难以言状,
更难以解脱。

一个人从地面飞升太空,
星空里不由自主,坠落的以往,
堆积在似是而非的入口。

明明白白是一次体验,
虚拟的流星在眼前滑落,而我,
想知道该是谁的星座。

没有同传的解说谁也听不懂,
一任想象作灿烂的旅行,
射手座上有人失眠了。

星光隐退,大阪城郭和我,
还原在人设的球形演播厅里,
我还是我,身边的人形同陌路。

岛上情结

有花在日本岛有过承诺,
花期不败,花开以后还会再开,
无论陆地和水中,清纯如许。

温馨也是煎熬,穿透隔墙,
穿透肌肤和时间,以另一种方式,
让蔚蓝的海发出呼啸。

找不到港湾的梦无处停泊,
流浪的母语从了生硬的榻榻米,
不期而遇的雪,掩盖了昨夜的委屈。

白色的花,白色的雪,
一句"沙扬娜拉"有暗香浮动,
最初的笑容,在一杯咖啡里。

铜雕以及千纸鹤

一千只纸鹤铸成铜雕,
少女成鹤了。少女之鹤把生命,
折叠进历史不再翻开,
折鹤之塔,栖息梦魂缠绕的千纸鹤。

寻找我的那只鹤在广岛,
我的鹤折自心上,以我心的殷红,
区别于任何一只鹤。
缠绵不已,忧伤不已。

千纸鹤美丽得让人心碎,
铜雕以及铜雕上永生的少女,
永生了托举的那只鹤,透明的鹤羽。

曾经昏暗的天空透明了,
远离仇恨是塔下最神圣的祭慰,
我双手合十,长久地沉默。

与日本画家对话

在现代美术馆,
与日本的画家对话。
画家不在,画家的画在墙上,
画家把许多话涂满色彩,
我对他的每一种表达,
肃然起敬。

许多人都在装扮自己,
装扮以后,辨不出自己说的话,
看不到自己的模样。

西装和领带限制了我的举止,
而画家遗落的拉链,
只是道具。

美术馆本身就是作品,
也是道具。
画家始终没有露面,
画笔斜倚墙角,像一把日式扫帚。
我说完废话,扫帚倒了,
美术馆被风吹远。

回想藤井屋

有一间小屋在日本宫岛,
枫叶从小屋飘飞出赤色的火焰,
燃烧了濑户内海的波涛,
燃烧了我和我的日本朋友,
心与心的守望。

没有比枫叶更炙热的情感,
就像没有比枫叶馒头,
更容易回想藤井屋。
一个馒头的象征不止于童话,
城市有属于自己的骄傲。

把枫叶竖在拇指,高高在上,
记住枫叶一样的馒头,
记住枫叶燃烧的宫岛,
记住废墟上站起的城市,
所有的创伤,以及创伤以后,
洒向大地的阳光和鸽哨。

蚂蚁的故事

终于,
蚂蚁爬到了大象的耳边,
这是一次非常了不起的旅行。

该死的大象没有感觉,
蚂蚁不会生气,
恋爱中的蚂蚁楚楚动人。

大象成为蚂蚁的偶像,
与蚂蚁的春梦有关,
与大象席地而睡的习惯有关。

那天蚂蚁也在草地上,
那天蚂蚁幸福得无与伦比,
那天风雨交加蚂蚁全然不知。

蚂蚁醒来的时候,
只剩下满世界倒下的草叶,
而沉重的草叶,压得蚂蚁喘不过气。

蚂蚁从草叶的缝隙中挣扎出来,

离开队伍，开始寻找大象，
她要把誓言说给大象听。

蚂蚁相信自己是大象的唯一，
蚂蚁站在大象的耳朵上，
把天边的雷当成了自己的喷嚏。

天空属于我，蚂蚁说。
大地属于我，蚂蚁说。
大象也只能属于我，蚂蚁继续说。

大象居然无动于衷，
又偏偏在这时摇了摇头，
蚂蚁被甩了出去，从此了无音信。

樵夫

村里人都劝他不要去,
说山上没有路,再也不能回来。

他没有迟疑,身后斜插一把斧子,
向门前的半截树桩,潇洒地挥了挥手。
树桩上的斧痕粗糙而且清晰,
像刚刚了结的一桩心事。

山路很陡很不驯服地扭动着,
朝霞泼在路面如此慷慨。
脚下的石板拼成两个似是而非的汉字,
使他想起算命先生的手舞足蹈。

他的动静惊了路边觅食的飞禽,
名字怎么也想不起了,反正不雅,
而且羽毛很黑,起飞的姿势却很优美。

此时有小调从唇齿间溜出,
很不讲究地流向深谷,流向原始森林,
歌词大意是,有一棵树在等待一个樵夫……

据说是父亲教给他的,
父亲从父亲的父亲那里学来的,
好在无关紧要,只是声音很弱很远了。

山上传来似是而非的雷鸣,
有些异样但谁也无心去辨别,
过了很久,先是在纳凉时偶尔提及,
多是不痛不痒的惋惜。

门前半截树桩没有参与人们的议论,
它听见远方有树木倒下的声音,
它等待他回来坐在自己身上,
美美地抽一袋旱烟……

树的毁容事件

我一直想：这应该是一件事，
还是一个事件呢？

有一棵树就这么受伤了，
在夏天，一场暴风雨中。
闪电撕破它的脸庞，
然后遮遮掩掩，落荒而逃。

受伤的树让风擦干了血迹，
把伤口晾晒在阳光下，直到结痂，
成为那一片林子最美丽的
紫黑色装饰。

其实看见的伤痕不可怕，
可怕的是看不见的内伤。
那棵树自己知道，不再流血的脸，
让别人的心流血不止。

后来林子里恢复了平静,
甚至风甚至雨也格外抒情。
我想不管是事还是事件,
有伤就会隐隐作痛。

那是皮鞋咬着木板的声音

只有三层楼的老房子,
原来的洋人,与五百米外的另一幢楼,
交涉外事。我是在五十年以后,
走进老房子,没有洋人了。
我最佩服的是,比我先到老房子的人,
记性大多不好,呼吸很轻,
走路如猫,没有一点声音。

另一幢楼改叫一号楼了,
意思很明白,老房子和一号楼,
墙里和墙外有了一种关系,
好多人在里面进出,乐此不疲。
我喜欢老房子的木板,
我走路的时候,皮鞋咬着木板的声音,
使我充满快乐。

其实上楼的梯子已经有点软了,
守门的老头还发现白色蚂蚁,
如米粒一样新鲜,密密麻麻,随处可见。
我知道这是危险信号,如果真是这样,
愈是没有声音,愈是问题。

1998 年最后几天

最后的几天里,
我的指节全部弯曲,
看不见手掌的手在暗处咯咯作响。
我不再使用手,不能握笔,
不能像正常人一样挥手再见,
上清寺生病的早晨,
白癜风、溃疡成灾,
捏紧的拳头找不到去处。

沧白路下水道是一个通道,
病菌堂而皇之穿越临江门。
西装革履的蝙蝠压了城,黑了,
有一抹白怎么也擦洗不掉。
这是个不下雪的城市,
那白无处躲藏。

一年的最后几天都要总结,
我弯曲的指节,等待伸直。

那件事情

暴风雨因为告密成为经典。
一棵树在袭击中留下创伤,久不痊愈。
背部隐隐作痛,看不见血,
自然看不到伤口结痂。这个时候,
我趴在一家诊所接受传统的火罐疗法,
把伤痛制作成黑色的幽默。

然后,反复清点背上黑色的公章,
时间越久颜色越黑,找不到本色,
甚至字迹模糊,辨不清来路。
忽然想起《水浒传》里林冲脸上的刺字,
我为我丰富的联想感到无比兴奋。
我开始等候,高衙内出来游走江湖。

终于,受伤的树长出了新叶,
颜色新鲜,背上的公章统统被收缴。

那鸟和我

原来的院子里办公桌临窗,
很适应那时心境。
窗外的空地上几棵树疯长,
使我不停地想象,
可以从窗玻璃穿过,
成为另一棵树。

有鸟天天飞来,在窗台,
小红嘴敲打玻璃的声音,好听,
抓不住玻璃的爪子,
重复下滑。
每天她和我对视的一刹那,
静如淑女。

在我所有的朋友中,
那鸟,距离我最近。
我的寂寞和孤独,因此而深重,
但我知道,不能放她进来,
重复我。

我笑得非常娴熟,
我的语言可以背诵,
一举一动,一招一式,
都在按部就班,
完成桌面给我的提示,
身体各个部位已变成开关。

我离开以后,
想明白了许多事情。
理解那些在立正稍息的口令下,
站起, 或者趴下的签字笔。
我懂得了英雄不以成败而论,
天很蓝,深不可测。

也许在若干年以后,
我穿过玻璃又回到桌前,
回到过去。
以回放的方式——重演,
而我不再是我,
那鸟,已经飞走,不再来。

编后小记：每寸光阴都不能生还

梁 平

岁月真是一把杀猪刀，刀刀留痕。

近十年经常挂在我嘴上的"年事已高"，真的高了。当年上山下乡在农田基本建设战场主持过《工地战报》，在江津主持过县级文学刊物《几江》，后来主持《重庆文化报》，还主持过《红岩》。21世纪初从重庆转场四川，主持《星星》诗刊十五年，完成了《星星》1+4小舰队的建设。2015年以后，主持《草堂》诗刊和《青年作家》至今。这样一个轨迹就像宿命，注定了此生我对文学的不二选择。

现在身边像我这个年龄的人，大多已经不写了。其实这很正常，"想当年金戈铁马，气吞万里如虎"，而如今，一杯清茶，一个案头，一张宣纸，涂点字画，也是自得其乐。这把岁数，谨记做一个"好老头"就功德圆满了。但也有意外，一个是已故的孙静轩老爷子，他生前似乎就没有停过笔，那年72岁，又写了数百行的《千秋之约》。记得老爷子写完这首诗，很激动地到我办公室拿给我看，那神情就像孩子似的，而且那孩子刚刚做成了一件了不起的大事。这是诗人的气质，这是一种永远的激情，永远的写作状态。这首诗是诗人拜谒陈子昂墓的凭吊诗，打动我的是诗人的率真和勇敢，是诗中力透纸背尖锐的力量。我想说，这样的诗人才是真正以生命进入写作现场的诗人。没有他那样的生命体验，没有他那样的生活阅历，是不敢提笔的，甚至提不起那支笔。很显然，这是年龄问题，当然又不是年龄问题，个中感受大家心知肚明。另一个是张新泉，现在也是70多岁了，拉二胡不说，吹笛子可是力气活儿，一曲下来，满堂喝彩。重要的是笔耕不辍，新作接二连三，而且写得青春、幽默、深邃、有力道，依然是"一把好刀"，虎虎生威。一个耄耋老人，干净到身上不披挂任何头衔，不装扮，不指点，不给别人添乱，不给自己添堵，才有了"桃花才骨朵，人心已乱开"的惊喜发现。

我是一个写作不勤奋的人，也是一个写诗歌不入"群"的人。20世纪80年代的报刊上可以翻检很多我的名字和作品，而我在当年风起云涌的诗歌运动中只是散兵游勇，不在任何运动的花名册上。这可能也是我的幸运，幸运我行我素，面目清晰如己。我用我自己的眼睛观察这个世界，观察这个世界的"我"，发现自己，认识自己，反省自己，进而甄别、辨析和思考，自始至终认定我的写作必须与我的生活发生关系。聊以自慰的是，"我探出身体朝向无限/却离自己近了一点"（佩索阿）。

我一直认为，诗歌是一种永远的痛。诗歌的本质不是风花雪月，真正优秀的诗歌是在摈弃风花雪月之后的发现与批判。没有痛感的文字是对文字的亵渎。所以到了现在，我时常在我的很多诗里把我的疼痛直接端了出来，像一道麻辣的川菜。很多人总是在寻找对胃口的菜系，比如很多人对川菜爱恨交加，这也算是对了胃口。爱也好，恨也好，都是真情实感的反馈，尤其文学与艺术，我知道众口难调，但是诗人不是厨子，不必去考虑色香味面面俱到，更需要猛料唤起人的清醒。

每寸光阴都不能生还,明天的太阳也稍纵即逝,只要用心、用情,有一束光亮变成自己的文字,便足矣。

2021年2月19日于成都·没名堂